五福五代堂古稀天子寶

八徵耄念之寶

太上皇帝之寶

重刊許氏說文解字五音韻譜卷七

上聲三

卯 八十二莫飽切卯

爪 八十三側狡切爪

丂 八十四苦浩切丂讀若攷

夰 八十五古老切夰讀若杲

夭 八十六於兆切夭

冃 八十七莫保切冃讀若苺

老 八十八盧皓切老

艸 八十九倉老切艸俗作草

可 九十肯我切可

我 九十一五可切我

ナ 九十二臧可切ナ與左同

火 九十三呼果切火

馬 九十四莫下切馬

冎 九十五古瓦切冎讀若寡

丫 九十六工瓦切丫讀若寡

瓦 九十七五寡切瓦

象 九十八徐兩切象

㒳 九十九良奬切㒳讀若兩

弜 一百其兩切弜讀若彊

亯 一百一許兩切亯與享同

网 一百二文紡切网

上 一百三時掌切上與上同

茻 一百四模朗切茻讀若莽

丙 一百五兵永切丙

皿 一百六武永切皿

永 一百七十憬切永

囧 一百八俱永切囧

黽 一百九莫杏切黽

井 一百十子郢切井

竝 一百十一蒲迥切竝

鼎 一百十二都挺切鼎

𡈼 一百十三他鼎切𡈼讀若町

卯 一冒也二月萬物冒地而出象開門之形故二月爲天門凡卯之屬皆从卯莫飽切

卯 古文卯

文二 重一

爪 二丮也覆手曰爪象形凡爪之屬皆从爪側狡切

爲 母猴也其爲禽好爪爪母猴象也下腹爲母猴形王育曰爪象形也薳支切

爲 古文爲象兩母猴相對形

孚 卵孚也从爪从子一曰信也徐鍇曰鳥之孚卵皆如其期不失信也鳥裒恒以爪反覆其卵也芳無切

孚 古文孚从示示古文保

丮 亦丮也从反爪闕諸兩切

○

[illegible] ……切 第一百十[illegible]

[illegible] ……切 第一百十[illegible]

[illegible] ……切 第一百[illegible]

[illegible] ……切 第一百[illegible]

[illegible] ……切 第一百[illegible]

[illegible] ……切 第一百[illegible]

[illegible] ……切 第一百[illegible]

[illegible] ……切 第一百[illegible]

丣 冒也二月萬物冒地而出象開門之形故二月爲天門凡丣之屬皆从丣莫飽切 [illegible] 古文丣

文一 重一

[illegible]

[illegible]

[illegible]

[illegible]

文四　重三

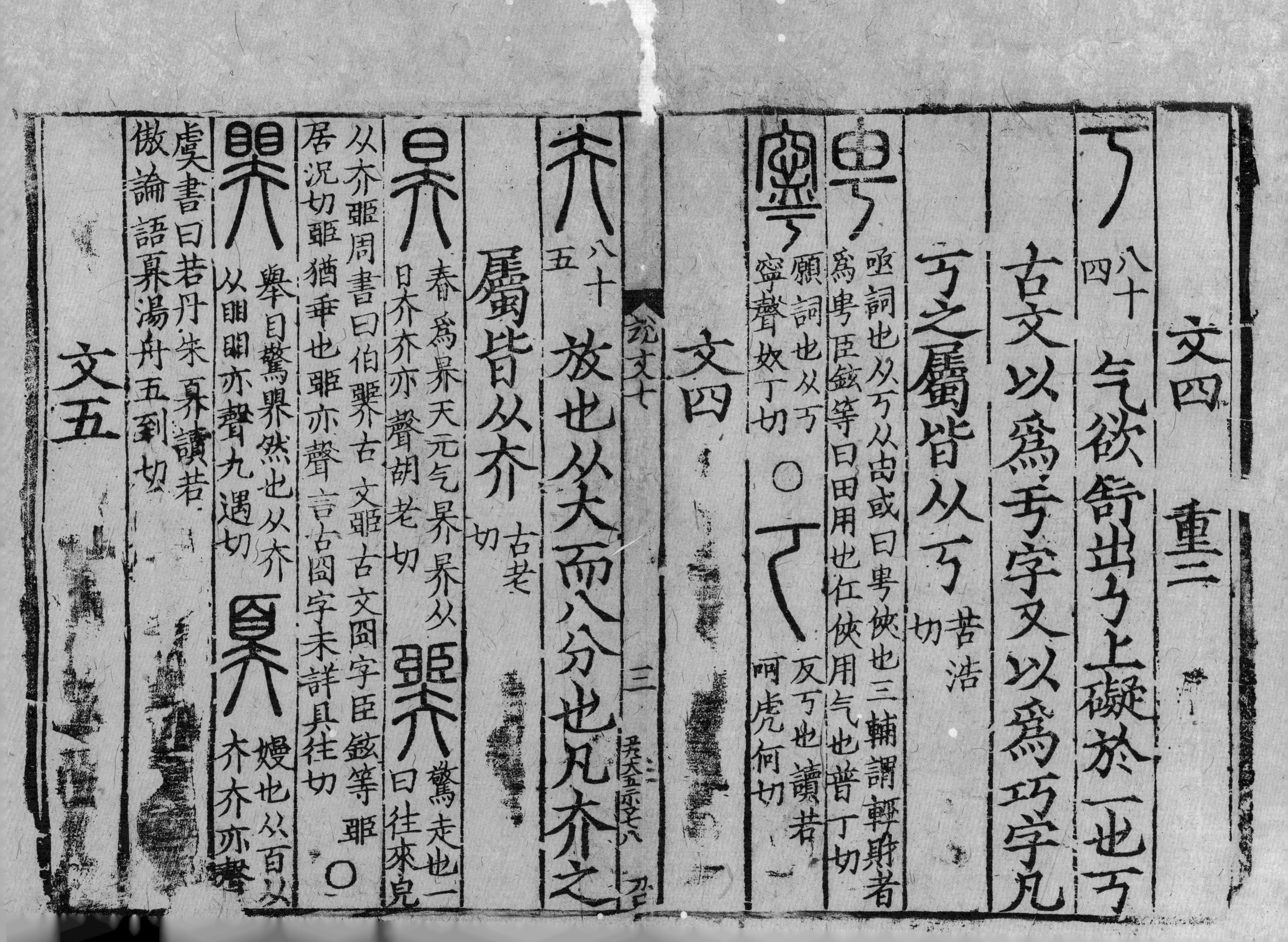

丂　八十四　气欲舒出ㄅ上礙於一也丂古文以爲亏字又以爲巧字凡丂之屬皆从丂　苦浩切

甹　亟詞也从丂从由或曰甹俠也三輔謂輕財者爲甹臣鉉等曰由用也任俠用气也普丁切

寧　願詞也从丂寍聲奴丁切　○

𠀀　反丂也讀若呵　虎何切

文四

夰　八十五　放也从大而八分也凡夰之屬皆从夰　古老切

昦　春爲昦天元气昦昦从日夰夰亦聲胡老切

臩　驚走也一曰往來皃从夰臦周書曰伯臩古文臦古文冏字臣鉉等曰臦居況切臦猶乖也臦亦聲言古冏字未詳具往切　○

界　舉目驚界然也从夰从䀠䀠亦聲九遇切

奡　嫚也从百从夰夰亦聲虞書曰若丹朱奡讀若傲論語奡湯舟五到切

文五

夭 八十六 屈也从大象形凡夭之屬皆从夭 於兆切

奔 走也从夭賁省聲與走同意俱从夭博昆切 ○ 喬 高而曲也从夭从高省詩曰南有喬木巨嬌切 ○ 幸 吉而免凶也从屰从夭夭死之事故死謂之不幸胡耿切

文四

冃 八十七 重覆也从冂一凡冃之屬皆从冃 莫承切 讀若艸苺苺

同 合會也从冃从口臣鉉等曰同爵名也周書曰太保受同嚌故从口史籀亦从口李陽冰云从口非是徒紅切 冡 覆也从冃豕莫紅切 𠕹 幬帳之象从冃㞢其飾也苦江切

文四

老 八十八 考也七十曰老从人毛匕言須髮變白也凡老之屬皆从老 盧皓切

耆 老也从老省旨聲渠脂切 ○ 考 老也从老省丂聲苦浩切

壽 久也从老省𠷎聲殖酉切 耇 老人面凍黎若垢从老省句聲古厚切

○ 𦒷 老人行才相逮从老省易省行象讀若樹常句切 孝 善事父母者从老省从子子承老也呼教切

𦒱 年九十曰𦒱从老从蒿省莫報切 𦓃 老人面如點也从老省占聲讀若耿介之耿丁念切

○ 耋 年八十曰耋从老省从至徒結切

文十

艸 八十九 百芔也从二屮凡艸之屬皆从艸倉老切

蘢 天蘥也从艸龍聲盧紅切 蓬 蒿也从艸逢聲薄紅切 莑 籒文蓬省

蒙 王女也从艸冡聲莫紅切 蔥 菜也从艸悤聲倉紅切

葼 青齊沇冀謂木細枝曰葼从艸㚇聲子紅切 藂 艸叢生皃从艸叢聲徂紅切

芃 艸盛也从艸凡聲詩曰芃芃黍苗房戎切 䕅 灌渝从艸夢聲讀若萌莫中切

茽 艸也从艸中聲陟宮切 营 营藭香艸也从艸宮聲

[illegible]

文十

[illegible]

去弓切 芎 司馬相如說营或从弓 藭 营藭也从艸窮聲渠弓切
苳 艸也从艸冬聲都宗切 茸 艸茸茸皃从艸聰省聲而容切
葑 須從也从艸封聲府容切 蓉 芙蓉也从艸容聲余封切 ⿱艹是
艸也从艸是聲是支切 芪 芪母也从艸氏聲常支切 ⿱艹麗 艸木相附麗土
而生从艸麗聲易曰百穀艸木麗於地呂支切 蘺 江蘺蘪蕪从艸離聲呂之切
藣 艸也从艸罷聲符羈切 蘪 蘪蕪也从艸麋聲靡為切 䔟
艸萎䔟从艸移聲弋支切 萑 艸多皃从艸隹聲職追切 蓍 蒿屬生千

歲三百莖易以為數天子蓍九尺諸侯七尺大夫五尺士三尺从艸耆聲式脂切 蕤 艸木
華垂皃从艸甤聲儒隹切 ⿱艹私 茅莠也从艸私聲息夷切 葰 薑屬可以香
口从艸俊聲息遺切 茨 以茅葦蓋屋从艸次聲疾茲切 薋 艸多皃从
艸資聲疾茲切 荎 荎藸艸也从艸至聲直尼切 ⿱艹泜 菹也从艸泜聲直宜切
⿱艹泜 或从皿皿器也 葵 菜也从艸癸聲彊惟切 芘 艸也一曰
芘茮木从艸比聲房脂切 ⿱艹毗 蒿也从艸毗聲房脂切 芝 神艸也从艸从之止
而切 菑 不耕田也从艸甾易曰不菑畬徐鍇曰當言从艸从巛从田田不耕則艸塞之故从

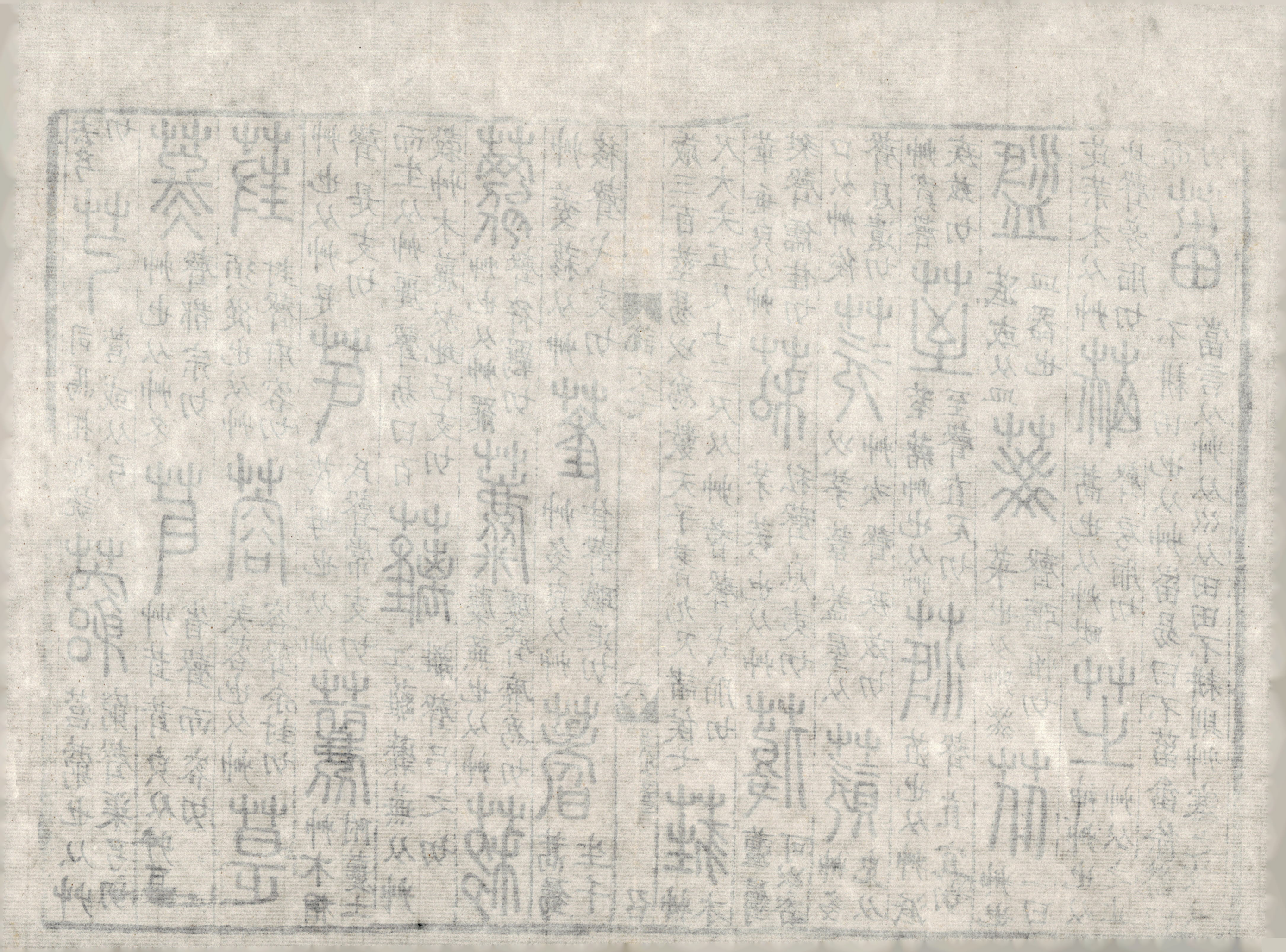

巛巛音灾若从甾則下有甾缶字相亂側詞切

甾 菑或省艸

茬 艸皃从艸在聲濟北有茬平縣仕甾切

荋 艸多葉皃从艸而聲沛城父有揚荋亭如之切

茲 艸木多益从艸茲省聲子之切

荲 艸也从艸里聲讀若釐里之切

萁 豆莖也从艸其聲渠之切

藄 綦月爾也从艸綦聲渠之切

蘄 艸也从艸𣄏聲江夏有蘄春亭臣鉉等案說文無𣄏字他字書亦無此篇下有菥字注云江夏平春亭名疑相承誤重出一字渠支切

薇 菜也似藿从艸微聲無非切

⿱艹㣲 籒文薇省

莃 兔葵也从艸稀省聲香衣切

蘬 薺實也从艸歸聲驅歸切

菸 鬱也从艸於聲一曰殘也央居切

蘧 蘧麥也从艸遽聲彊魚切

⿱艹豦 菜也似蘇者从艸豦聲彊魚切

苴 履中艸从艸且聲子余切

蒩 茅藉也从艸租聲禮曰封諸矦以七蒩以白茅子余切

蔬 菜也从艸疏聲所葅切

菹 酢菜从艸沮聲側魚切

⿱艹⿱沮皿 或从皿

⿱艹⿱沮缶 或从缶

藷 藷蔗也从艸諸聲章魚切

蒢 黃蒢職也从艸除聲直魚切

藸 莖藸也从艸豬聲直魚切

莩 艸也从艸孚聲芳無切

芙 芙蓉也从艸夫聲防無切

蕪 薉也从艸

無聲武扶切

芻 刈艸也象包束艸之形叉愚切

茱 茱萸茱屬从艸朱聲市朱切

蔞 艸也可以亨魚从艸婁聲力朱切

萸 茱萸也从艸臾聲羊朱切

蒲 水艸也可以作席从艸浦聲薄胡切

蘇 桂荏也从艸穌聲素孤切

[illegible] 艸履也从艸麤聲倉胡切

荼 苦荼也从艸余聲同都切臣鉉等曰此即今之茶字

蘆 蘆菔也一曰薺根从艸盧聲落乎切

苽 雕苽一名蔣从艸瓜聲古胡切

[illegible] 艸多皃从艸狐聲江夏平春有菰亭古狐切

䓊 艸也从艸吾聲楚詞有䓊蕭艸五乎切

萋 艸盛从艸妻聲詩曰奉菶萋萋七稽切

蕛 蕛苵也从艸稊聲大兮切

荑 艸也从艸夷聲杜兮切

蔾 艸也从艸黎聲郎奚切

茥 缺盆也从艸圭聲苦圭切

荄 艸根也从艸亥聲古諧切又古哀切

薶 瘞也从艸貍聲莫皆切

蓷 萑也从艸推聲詩曰中谷有蓷他回切

菭 水衣从艸治聲徒哀切

萊 蔓華也从艸來聲洛哀切

薽 豕首也从艸甄聲側鄰切

茞 艸也从艸臣聲稹鄰切

薪 蕘也从艸新聲息鄰切

蘋 大蓱也从艸賓聲符真切

萅 推也从艸从日艸春時生也屯聲昌純切

[illegible]

[illegible]

萊 [illegible]从艸[illegible]聲[illegible]切

[illegible]

落 [illegible]从艸[illegible]聲[illegible]

[illegible]

萍 苹也[illegible]从艸从水[illegible]切

莽 [illegible]

[illegible]

蒲叢也从艸專聲常倫切

茍 艸也从艸句聲臣鉉等案今人姓荀氏本郇侯之後宜用郇字相倫切

茵 車重席从艸因聲於眞切

鞇 司馬相如說茵从革

蔩 兔瓜也从艸寅聲翼眞切

荺 茇也茅根也从艸均聲于敏于倫二切

蓁 艸盛皃从艸秦聲側詵切

蕡 雜香艸从艸賁聲浮分切

芸 艸也似目宿从艸云聲淮南子說芸艸可以死復生王分切

薰 香艸也从艸熏聲許云切

葷 臭菜也从艸軍聲許云切

芹 楚葵也从艸斤聲巨斤切

菦 菜類也从艸近聲周禮有菦菹巨斤切

⿱艹斦 艸多皃从艸斦聲江夏平春有⿱艹斦亭語斤切

蒝 艸木形从艸原聲愚袁切

芫 魚毒也从艸元聲愚袁切

藼 令人忘憂艸也从艸憲聲詩曰安得藼艸況袁切

⿱艹煖 或从煖

萱 或从宣

蒬 蕀蒬也从艸冤聲於元切

藩 屏也从艸潘聲甫煩切

蕃 艸茂也从艸番聲甫煩切

薠 青薠似莎者从艸煩聲附袁切

蘩 白蒿也从艸緐聲附袁切

蓘 艸也从艸袞聲古渾

虋 赤苗嘉穀也从艸釁聲莫奔切

蓀 香艸也从孫聲思渾

蘭 香艸也从艸闌聲落干切

芄 芄蘭莞也从艸聲詩曰芄蘭之枝切

莞 艸也可以作席

从艸完聲胡官切〔萖〕夫蘺睆聲从艸占切〔萑〕薍也从艸萑聲胡官

切〔虊〕鳧葵也从艸孿聲洛官切〔艸姦〕艸出吳林山从艸姦聲古顏切

〔菅〕茅也从艸官聲古顏切 ○〔芊〕艸盛也从艸千聲倉先切

〔葥〕王彗也从艸湔聲昨先切〔蓮〕芙蕖之實也从艸連聲落賢切〔艸弦〕

艸也从艸弦聲胡田切〔艸津〕艸皃从艸津聲子仙切〔艸難〕艸也从艸難聲如延

切〔蔫〕菸也从艸焉聲於乾切〔荃〕芥脃也从艸全聲此緣切〔蕭〕

艾蒿也从艸肅聲蘇彫切〔蓨〕苗也从艸脩聲徒聊切又湯彫切〔苕〕艸也

从艸召聲徒聊切〔芀〕葦華也从艸刀聲徒聊切〔蕉〕生枲也从艸焦

聲即消切〔茮〕茮莍从艸尗聲子寮切〔艸沼〕艸也从艸沼聲昨焦切

〔苗〕艸生於田者从艸从田武鑣切〔蕘〕薪也从艸堯聲如昭切〔蘨〕

艸盛皃从艸繇聲夏書曰厥艸惟繇余招切〔葽〕艸也从艸要聲詩曰四月秀葽劉向說

此味苦苦葽也於消切〔荍〕蚍虾也从艸收聲渠遙切〔艸歊〕艸皃从艸歊聲周禮

曰轂獘不歊許嬌切〔虈〕楚謂之蘺晉謂之虈齊謂之茝从艸嚻聲許嬌切

〔茭〕乾芻从艸交聲一曰牛蘄艸古肴切〔苞〕艸也南陽以爲麤履从艸包

聲布交切

茅 菅也从艸矛聲莫交切

莦 惡艸皃从艸肖聲所交切

蒿 菣也从艸高聲呼毛切

䓘 蒿屬白華从艸皋聲古勞切

蓸 艸也从艸曹聲昨牢切

萄 艸也从艸匋聲徒刀切

荷 芙蕖葉从艸何聲胡哥切

苛 小艸也从艸可聲乎哥切

莪 蘿莪蒿屬从艸我聲五何切

薖 艸也从艸過聲苦禾切

莎 鎬侯也从艸沙聲蘇禾切

蘿 莪也从艸羅聲魯何切

葩 華也从艸皅聲普巴切

蒘 苐蒘也从艸邪聲以遮切

葭 葦之未秀者从艸段聲古牙切

茄 芙蕖莖从艸加聲古牙切

芽 萌芽也从艸牙聲五加切

芳 香艸也从艸方聲敷方切

芒 艸耑从艸亾聲武方切

莣 杜榮也从艸忘聲武方切

蔣 苽蔣也从艸將聲子良切又即兩切

蘠 蘠蘼虋冬也从艸蘠聲賤羊切

蔁 艸也从艸章聲諸良切

蘘 蘘荷也一名葍蒩从艸襄聲沒羊切

莊 上諱 臣鉉等曰此漢明帝名也从艸从壯未詳側羊切

𦷀 古文莊

薚 艸枝枝相值葉葉相當从艸昜聲褚羊切

萇 萇楚銚弋一名羊桃从艸長聲直良切

薌 穀气也从艸鄉聲許良切

薑 禦溼之菜也从艸彊聲居良切

莨艸也从艸良聲魯當切蓈禾粟之采生而不成者謂之董蓈从艸郎聲魯當切稂蓈或从禾蒼艸色也从艸倉聲七岡切藏匿也臣鉉等案漢書通用臧字从艸後人所加昨郎切茚昌蒲也从艸卬聲益州云五剛切荒蕪也从艸巟聲一曰艸淹地也呼光切莔貝母也从艸朙省聲武庚切⿱艹𣪘牂蘘可以作縻綆从艸𣪘聲女庚切苹蓱也無根浮水而生者从艸平聲符兵切荊楚木也从艸刑聲舉卿切𦵧古文荊英艸榮而不實者一曰黃英从艸央聲於京切莖枝柱从艸巠聲戶耕切䓕

䓕薴皃从艸爭聲側莖切薴艸亂也从艸寍聲杜林說艸䓕薴皃女庚切萌艸芽也从艸明聲武庚切菁韭華也从艸青聲子盈切藑茅蒥也一名蕣从艸夐聲渠營切⿱艹榮艸旋皃也从艸榮聲詩曰葛藟縈之於營切蓱苹也从艸洴聲薄經切荓馬帚也从艸并聲薄經切艼艼熒朐也从艸丁聲天經切莛莖也从艸廷聲特丁切苓卷耳也从艸令聲郎丁切蘦大苦也从艸霝聲郎丁切蒸折麻中榦也从艸烝聲煑仍切𦺇蒸或省火艿艸也从艸乃聲如乘切蔆芰也从艸淩聲楚謂之芰秦謂

若火也从艸[illegible]聲[illegible]切 [illegible]从艸[illegible]聲[illegible]切

[illegible]大[illegible]聲[illegible]也从艸[illegible]聲 蒸 析麻中榦也从艸烝聲[illegible]切 蕉

天[illegible]切 从艸[illegible]聲 [illegible] 从艸[illegible]聲 [illegible] 今聲 [illegible]也从艸

[illegible]从艸[illegible]聲 荏 [illegible]从艸任聲[illegible]切 芺 [illegible]

[illegible]从艸[illegible]聲[illegible]切 [illegible] [illegible]从艸[illegible]聲[illegible]

菁 韭華也从艸青聲子盈切 [illegible]

[illegible]从艸[illegible]聲[illegible]切 [illegible] [illegible]也从艸[illegible]聲[illegible]切 [illegible]

艸榮而不實者一曰黃英从艸央聲於京切 莖 枝柱也从艸巠聲戶耕切 [illegible]

[illegible]从艸[illegible]切 荊 楚木也从艸刑聲舉卿切 [illegible] 古文荊

切 [illegible] 从艸[illegible]聲 [illegible] [illegible]也从艸[illegible]聲[illegible]

切 [illegible] 艸[illegible]也从艸[illegible]聲 [illegible] [illegible]从艸[illegible]聲

[illegible]也从艸[illegible]聲[illegible]切 [illegible] [illegible]从艸[illegible]聲[illegible]

[illegible]切 [illegible] [illegible]从艸[illegible]聲 [illegible]

[illegible]从艸[illegible]聲 [illegible] [illegible]也从艸[illegible]聲[illegible]

之薢茩力膺切 [艸+遴] 司馬相如說蔆从遴

蓲 艸也从艸區聲去鳩切

艽 遠荒也从艸九聲詩曰至于艽野巨鳩切

莍 茮樧實裏如表者从艸求聲巨鳩切

[艸+逌] 艸也从艸逌聲以周切

蕕 水邊艸也从艸猶聲以周切

萩 蕭也从艸秋聲七由切

蒐 茅蒐茹藘人血所生可以染絳从艸从鬼所鳩切

菆 麻蒸也从艸取聲一曰蓐也側鳩切

芣 華盛从艸不聲一曰芣苢縛牟切

[艸+深] 蒲蒻之類也从艸深聲式箴切

葴 馬藍也从艸咸聲職深切

蓡 人蓡藥艸出上黨从艸浸聲山林切

[艸+冘] 艸也从艸冘聲直深切

菳 黃菳也从艸金聲巨今切

芩 艸也从艸今聲詩曰食野之芩巨今切

蕁 芜藩也从艸尋聲徒含切 [艸+爻+尋] 蕁或从爻

葻 艸得風皃从艸風讀若婪盧含切

藍 染青艸也从艸監聲魯甘切

[艸+監] 瓜菹也从艸監聲魯甘切 類篇集韻从艸从水

苷 甘艸也从艸从甘古三切

苫 蓋也从艸占聲失廉切

[艸+侵] 喪藉也从艸侵聲失廉切

薕 蒹也从艸廉聲力鹽切

蒹 雚之未秀者从艸兼聲古恬切

芟 刈艸也从艸从殳所銜切

[艸+乏] 艸浮水中皃从艸乏聲防凡切 ○

董 鼎董也从艸童聲杜林曰蕅根多動切

[篆文]

从艸[illegible]切 ○ 蕫 鼎董也从艸童聲杜林曰藕根[illegible] [illegible]

[illegible]从艸[illegible]聲[illegible]切 [illegible] 从艸[illegible]聲[illegible]切 [illegible] 从艸[illegible]

[illegible] 从艸[illegible]聲[illegible]切 [illegible] 从艸[illegible]

[illegible]从艸[illegible]聲[illegible] 艸 [illegible]从艸[illegible]聲[illegible]切

[illegible]合[illegible] [illegible] 从艸[illegible]聲[illegible]切 [illegible]

[illegible] 从艸[illegible]聲[illegible]切 [illegible] 从艸[illegible]聲[illegible]切

菳 黃菳也从艸金聲具今切 芩 艸也从艸今聲詩曰食野之芩巨今切

[illegible]文[illegible]

[illegible] 从艸[illegible]聲[illegible]切 [illegible] 从艸[illegible]聲[illegible]切

[illegible] 从艸[illegible]聲[illegible]切 [illegible] 从艸[illegible]

[illegible] 芣 華盛从艸不聲[illegible]

萩 蕭也从艸秋聲[illegible] [illegible] 从艸[illegible]聲[illegible]切

[illegible] 从艸[illegible]聲[illegible]切 [illegible] 从艸[illegible]聲[illegible]切

[illegible] 从艸[illegible]聲[illegible]切 [illegible] 从艸[illegible]

[illegible] 从艸[illegible]聲[illegible]切 [illegible] 从艸[illegible]聲[illegible]切

艸盛从艸奉聲補蠓切
薾 華盛从艸爾聲詩曰彼薾惟何兒氏切
茈 茈艸也从艸此聲將此切
䕤 藍蓼秀从艸隨省聲羊捶切
芛 艸之皇榮也从艸尹聲羊捶切
蔿 艸也从艸爲聲干鬼切
薳 艸也左氏傳楚大夫薳子馮从艸遠聲韋委切
芺 菜也从艸矢聲失匕切
⿱艹胃 糞也从艸胃省式視切
藟 艸也从艸畾聲詩曰莫莫葛藟一曰秬鬯也力軌切
蓶 菜也从艸唯聲以水切
⿱艹宰 羹菜也从艸宰聲阻史切
苢 芣苢一名馬舃其實如李令人宜子从艸㠯聲周書所說羊止切
芑 白苗嘉穀从艸巳聲驅里切

薿 茂也从艸疑聲詩曰黍稷薿薿魚已切
菲 芴也从艸非聲芳尾切
⿱艹豈 菜之美者雲夢之豈从艸豈聲驅喜切
葦 大葭也从艸韋聲于鬼切
芔 艸之總名也从艸屮許偉切
莒 齊謂芋爲莒从艸呂聲居許切
苣 束葦燒从艸巨聲臣鉉等曰今俗別作炬非是其呂切
芧 艸也从艸予聲可以爲繩直呂切
⿱艹竘 果也从艸竘聲俱羽切
萭 艸也从艸禹聲王矩切
莆 萐莆也从艸甫聲方矩切
蒩 菜也从艸祖聲則古切
蓾 艸也可以束从艸魯聲郎古切
⿱艹鹵 蓾或从鹵
苦

大苦苓也从艸古聲康杜切

芐 地黃也从艸下聲禮曰鈃毛牛藿羊芐豕薇是侯古切

薺 蒺藜也从艸齊聲詩曰牆有薺疾咨切又徂礼切

薢 薢茩也从艸解聲胡買切

茩 薢茩也从艸后聲胡口切

莓 馬莓也从艸母聲母罪切

菩 艸也从艸音聲步乃切

茝 虈也从艸𦣞聲昌改切

荵 蒠冬艸从艸忍聲而軫切

莙 牛藻也从艸君聲讀若威渠殞切

菌 地蕈也从艸囷聲渠殞切

蓳 艸也根如薺葉如細柳蒸食之甘从艸堇聲居隱切

蕰 積也从艸溫聲春秋傳曰蕰利生孽於粉切

苑 所以養禽獸也从艸夗聲於阮切

菀 茈菀出漢中房陵从艸宛聲於阮切

䔿 叢艸也从艸尊聲慈損切

萹 萹茿也从艸扁聲方沔切

䕪 亭歷也从艸單聲多殄切

䓴 木耳也从艸耎聲一曰萮茈而兗切

蕆 左氏傳以蕆陳事杜預注云蕆敕也从艸未詳丑善切

蔦 寄生也从艸鳥聲詩曰蔦與女蘿都了切

樢 蔦或从木

蓼 辛菜薔虞也从艸翏聲盧鳥切

芍 鳧茈也从艸勺聲胡了切

蔈 苕之黃華也从艸㶾聲一曰末也方小切

藨 鹿藿也从艸麃聲讀若剽一曰蔽屬平表切

芺 艸也味苦江南食以下气从艸夭聲烏浩切

葆 艸盛皃从艸保聲博褒切

蓩 卷耳也从艸務聲亡考切

芼

艸覆蔓从艸毛聲詩曰左右芼之莫抱切 ⿱艹嫂 艸也从艸嫂聲蘇老切 薻
水艸也从艸从水巢聲詩曰于以采藻子晧切 藻 薻或从澡 草 草斗
櫟實也一曰象斗子从艸早聲自保切臣鉉等曰今俗以此爲艸木之艸別作皁字爲黑色之皁案
櫟實可以染帛爲黑色故曰草通用爲草棧字今俗書皁或从白从十或从白从七皆無意義無
以下筆 ⿱艹橑 乾梅之屬从艸橑聲周禮曰饋食之籩其實乾⿱艹橑後漢長沙王始煑⿱艹橑
艸爲⿱艹橑盧皓切 䕩 ⿱艹橑或从潦 蓏 在木曰果在地曰蓏从艸从㼌郎果切
蘳 黃華从艸黊聲讀若壞乎瓦切 莕 菨餘也从艸杏聲何梗切
荇 莕或从行同 茗 荼芽也从艸名聲莫迥切 莠 禾粟下生
莠从艸秀聲讀若酉与久切 萯 主萯也从艸負聲房九切 莥 鹿藿
之實名也从艸紐聲敕久切 茆 鳧葵也从艸丣聲詩曰言采其茆力久切 茩
薢茩也从艸后聲胡口切 苟 艸也从艸句聲古厚切 蕅 芙蕖根从艸水
禺聲五厚切 ⿱艹𣏟 艸也从艸𣏟聲莫厚切 藪 大澤也从艸數聲九州
之藪楊州具區荊州雲夢豫州甫田青州孟諸沇州大野雝州弦圃幽州奚養冀州楊紆并州昭餘
祁是也蘇后切 蓡 覆也从艸侵省聲七朕切 蕈 桑䓴从艸覃聲

慈衽切

葚 桑實也从艸甚聲常衽切

荏 桂荏蘇从艸任聲如甚切

菻 蒿屬从艸林聲力稔切

⿱艹贛 艸也从艸贛聲一曰薏苢古禫切又古送切

菡 菡萏也从艸函聲胡感切

萏 菡萏芙蓉華未發爲菡萏已發爲芙蓉从艸閻聲徒感切

⿱艹剡 雚之初生一曰薍一曰鵻从艸剡聲土敢切

菼 ⿱艹剡或从炎

蔪 艸相蔪苞也从艸斬聲書曰艸木蔪苞慈冉切

⿱艹槧 蔪或从槧

蘞 白蘞也从艸斂聲良冉切

蘝 蘞或从歛

芡 雞頭也从艸欠聲巨險切

范 艸也从艸汜聲房𢁃切

○

蕮 艸也从艸賜聲

斯義切

莿 萊也从艸刺聲七賜切

芰 蔆也从艸支聲奇記切

茤 杜林說芰从多

萎 食牛也从艸委聲於僞切

⿱艹隸 赤⿱艹隸也从艸隸聲息利切

萃 艸皃从艸卒聲讀若瘁秦醉切

⿱艹致 艸大也从艸致聲陟利切

蕢 艸器也从艸貴聲求位切

臾 古文蕢象形論語曰有荷臾而過孔氏之門

蒔 更別種从艸時聲時吏切

芓 麻母也从艸子聲一曰芓即枲也疾吏切

⿱艹異 芓也从艸異聲羊吏切

菋 荎藸也从艸味聲无沸切

萉 枲實也从艸肥聲房未切

⿰麻賁 萉或从麻賁

蔇 艸多皃从艸既聲居味切

[illegible]聲。余[illegible]切。[illegible]

[illegible]也。从艸[illegible]聲。[illegible]切。萆 [illegible]衣。从艸卑聲。[illegible]

[illegible]門孔[illegible]。[illegible]

蕢 艸器也。从艸貴聲。求位切。臾 古文蕢，象形。論語曰：有荷臾而過孔氏之門。

[illegible]

苞 [illegible]艸也。从艸包聲。[illegible]切。

[illegible]

巨險切。[illegible] ○ [illegible]

蘞 白蘞也。从艸斂聲。良冉切。薟 蘞或从僉。

[illegible]

[illegible]

菑 [illegible]。从艸甾。[illegible]

[illegible]

藙 煎茱萸从艸顡聲漢律會稽獻藙一斗魚旣切

蔚 牡蒿也从艸尉聲於胃切

茹 飤馬也从艸如聲人庶切

芋 大葉實根駭人故謂之芋也从艸亏聲徐鍇曰芋猶言吁吁驚辭故曰駭人王遇切

⿱艹傅 華葉布从艸傅聲讀若傅方遇切

荹 亂艸从艸步聲薄故切

⿱艹富 葍也从艸富聲方布切

⿱艹酤 非鬱也从艸酤聲苦步切

⿱艹固 艸也从艸固聲古慕切

薜 牡贊也从艸辟聲蒲計切

蔕 瓜當也从艸帶聲都計切

薙 除艸也明堂月令曰季夏燒薙从艸雉聲他計切

⿱艹戾 艸也可以染留黃从艸戾聲郎計切

荔 艸也似蒲而小根可作㕞从艸劦聲郎計切

薊 芙也从艸魝聲古詣切

蘮 狗毒也从艸繫聲古詣切

芮 芮芮艸生皃从艸内聲讀若汭而鋭切

⿱艹㓹 艸之小者从艸㓹聲㓹古文鋭字讀若芮居例切

苪 以艸補缺从艸丙聲讀若陸或以爲綴一曰約空也直例切

蔽 蔽蔽小艸也从艸敝聲必袂切

蔡 艸也从艸祭聲蒼大切

⿱艹㱾 艸也从艸㱾聲麤最切

蓋 苫也从艸盇聲古太切

⿱艹渴 蓋也从艸渴聲於蓋切

艾 冰臺也从艸乂聲五蓋切

薈 艸多皃从艸會聲詩曰薈兮蔚兮烏外切

⿱艹㪅 艸也从艸㪅聲臣鉉等案說文無㪅字當

[illegible]

从艸[illegible]聲[illegible]切

[illegible]大[illegible]切[illegible]聲[illegible]切

从艸奈聲[illegible]

也[illegible]直[illegible]切空[illegible]

文[illegible]小[illegible]音[illegible]古[illegible]

[illegible]也[illegible]

[illegible]文[illegible]

[illegible]从艸[illegible]聲[illegible]切

[illegible]也从艸[illegible]聲[illegible]切

[illegible]从艸[illegible]聲[illegible]切

[illegible]从艸[illegible]聲[illegible]切

[illegible]从艸[illegible]聲[illegible]切

[illegible]从艸[illegible]聲[illegible]切

是冣字之省而聲不相近未詳苦怪切 芥 菜也从艸介聲古拜切 䒹
耕多艸从艸耒耒亦聲盧對切 菜 艸之可食者从艸采聲蒼代切 薉 蕪也从艸
歲聲於廢切 蕣 木堇朝華暮落者从艸䑞聲詩曰顏如蕣華舒閏切 藎
艸也从艸盡聲徐刃切 藺 莞屬从艸閵聲良刃切 菣 香蒿也从
艸臤聲去刃切 [艹堅] 菣或从堅 蔓 葛屬从艸曼聲無販切 [艹鶾]
艸也从艸鶾聲呼旰切 [艹榦] 艸也从艸榦聲古案切 荌 艸也从艸安
聲烏旰切 蒜 葷菜从艸祘聲蘇貫切 [艹亂] 薍也从艸亂聲八月薍爲

葦也五患切 莧 莧菜也从艸見聲侯澗切 茜 茅蒐也从艸西聲蒼見切
荐 薦蓆也从艸存聲在甸切 葥 山莓也从艸歬聲子賤切 莜
艸田器从艸條省聲論語曰以杖荷莜今作蓧徒弔切 藋 堇艸也一曰拜商藋从
艸翟聲徒弔切 [艹冒] 艸也从艸冒聲莫報切 菿 艸木倒从艸到聲都盜切
莝 斬芻从艸坐聲麤臥切 藉 祭藉也一曰艸不編狼藉从艸耤聲慈夜切
又秦昔切 蔗 諸蔗也从艸庶聲之夜切 [艹畼] 艸茂也从艸畼聲丑亮切
[艹釀] 菜也从艸釀聲女亮切 [艹𩰪] 艸也从艸𩰪聲𩰪籒文囿于救切

說文 …… 艸也从艸[illegible]聲 [illegible] 入圖 于 从艸 [illegible]聲

吉切 又蔡 [illegible] 从艸[illegible]聲 [illegible] 从艸 [illegible]

[illegible] 聲 斬 [illegible] 从艸 [illegible] 切 [illegible] 从艸 [illegible] 一曰 [illegible] 木 [illegible] 切

[illegible] 聲 [illegible] 一曰 [illegible] 从艸 [illegible] 切 [illegible] 聲 [illegible] 木 [illegible] 从艸

以艸田器 从艸 [illegible] 論語曰以杖荷莜 今作蓧 [illegible] 切 [illegible] 艸 [illegible] 一曰

[illegible] 聲 在 [illegible] 从艸 [illegible] 切 [illegible] 从艸 [illegible] 切

[illegible] 也 [illegible] 聲 [illegible] 从艸 [illegible] 切 [illegible] 聲 [illegible] 从艸 [illegible] 切

說文十

[illegible] 切 [illegible] 聲 [illegible] 从艸 [illegible] 切 [illegible] 聲 [illegible] 从艸 [illegible]

[illegible] 聲也 从艸 [illegible] 切 [illegible] 聲 [illegible] 从艸 [illegible] 切 [illegible] 从艸 [illegible]

艸 [illegible] 切 [illegible] 聲 从 [illegible] 从艸 [illegible] 切 [illegible] 从艸 [illegible] 也 从艸

[illegible] 聲 [illegible] 从艸 [illegible] 聲 [illegible] 从艸 [illegible] 切 [illegible] 也 [illegible] 从艸

[illegible] 切 [illegible] 聲 [illegible] 木 [illegible] 从艸 [illegible] 切 [illegible]

[illegible] 聲 从艸 [illegible] 切 [illegible] 从艸 [illegible] 切 [illegible] 从艸 [illegible] 也

[illegible] 未 [illegible] 字 古 [illegible] 切 [illegible] 不 [illegible] 从艸 [illegible] 切

⿱艹造 艸皃从艸造聲初救切
茂 艸豐盛从艸戊聲莫候切
蓩 毒艸也从艸務聲莫候切
⿱艹敄 細艸叢生也从艸敄聲莫候切
蔭 艸陰地从艸陰聲於禁切
蘸 以物没水也此葢俗語从艸未詳斬陷切
。
藗 牡茅也从艸遬聲遬籒文速桑谷切
蔟 行蠶蓐从艸族聲千木切
葍 當也从艸畐聲方六切
蕧 盜庚也从艸復聲房六切
茿 萹茿也从艸筑省聲陟玉切
蓄 積也从艸畜聲丑六切
蒮 艸也从艸雈聲詩曰食鬱及雈余六切
⿱艹育 艸也从艸育聲余六切
菊 大菊蘧麥从艸匊聲居六切
蘜 治牆也从艸鞠聲居六切
⿱艹𥷚 日精也似秋華从艸𥷚省聲居六切
蘜 蘜或省
薁 嬰薁也从艸奧聲於六切
⿱艹⿰氵毒 水萹茿从艸从水毒聲讀若督徒沃切
藚 水舄也从艸賣聲詩曰言采其藚似足切
菉 王芻也从艸录聲詩曰菉竹猗猗力玉切
⿱艹曲 蠶薄也从艸曲聲丘玉切
蘱 莊艸也从艸頪聲莫覺切
苾 馨香也从艸必聲毗必切
蔤 芙蕖本从艸密聲美必切
⿱艹述 艸也从艸述聲食聿切
⿱艹朮 山薊也从艸朮聲直律切
葎 艸也从艸律聲呂戌切
芴 菲也从艸勿聲文弗切
茀 道多艸不可行从艸弗聲分勿切

芞 芞輿也从艸气聲去訖切 䓛 [illegible]也从艸屈聲區勿切 蕨 鼈也从艸厥聲居月切 茷 艸葉多从艸伐聲春秋傳曰晉糴茷符發切 葛 絺綌艸也从艸曷聲古達切 萿 苦蔞果蓏也从艸昏聲古活切 茇 艸根也从艸犮聲春艸根枯引之而發土爲撥故謂之茇一曰艸之白華爲茇北末切 茁 艸初生出地皃从艸出聲詩曰彼茁者葭鄒滑切 苵 蕛苵也从艸失聲徒結切 ⿱艹血 艸也从艸血聲呼決切 薛 艸也从艸辥聲私列切 蕝 朝會束茅表位曰蕝从艸絕聲春秋國語曰致茅蕝表坐子說切 蔎 香艸也从艸設聲識列切

𣂚 斷也从斤斷艸譚長說食列切 𣃔 籀文折从艸在仌中仌寒故折 折 篆文折从手 茢 芀也从艸㓠聲良薛切 藒 芞輿也从艸楬聲去謁切 藥 治病艸从艸樂聲以勺切 蘥 爵麥也从艸龠聲以勺切 蒻 蒲子可以爲平席从艸弱聲而灼切 若 擇菜也从艸右右手也一曰杜若香艸而灼切 蘀 艸木凡皮葉落陊地爲蘀从艸擇聲詩曰十月隕蘀他各切 落 凡艸曰零木曰落从艸洛聲盧各切 薄 林薄也一曰蠶薄从艸溥聲旁各切 苲 越嶲縣名見史記从艸作聲在各切 藿 去

[illegible]

落 凡艸曰零木曰落从艸洛聲 [illegible]

[illegible]

蕝 朝會束茅表位曰蕝从艸絕聲春秋國語曰致茅蕝表坐 [illegible]

[illegible]

[illegible]

少也从艸羅聲盧郭切 茖 艸也从艸各聲古額切 茦 莿也从艸朿聲楚革切

蓛 以穀萎馬置莝中从艸敕聲楚革切 蓆 廣多也从艸席聲祥易切

蓂 析蓂大薺也从艸冥聲莫歷切 苖 蓨也从艸由聲徒歷切又他六切

蔋 艸旱盡也从艸俶聲詩曰蔋蔋山川徒歷切 蒚 夫蘺上也从艸鬲聲

力的切 ⿱艹毄 艸也从艸毄聲古歷切 虉 綬也从艸鷊聲詩曰邛有旨虉

是五狄切 萆 雨衣一曰蓑衣从艸卑聲一曰萆藨似烏韭扶歷切 萴 烏喙

也从艸則聲阻力切 薔 薔虞蓼从艸嗇聲所力切 蔏 薏苢从艸啻聲一曰

蔏英於力切 菔 蘆菔似蕪菁實如小尗者从艸服聲蒲北切 葺

茨也从艸咠聲七入切 蓻 艸木不生也一曰茅芽从艸執聲姊入切 芨

堇艸也从艸及聲讀若急居立切 荅 小尗也从艸合聲都合切 葉 艸木之葉

也从艸枼聲与涉切 菨 萎餘也从艸妾聲子葉切 莢 艸實从艸夾聲

古叶切 萐 萐莆瑞艸也堯時生於庖廚扇暑而涼从艸疌聲士洽切

左文五十三重二大篆从茻

文四百四十五 重三十一

文四百四十五 重三十一

右文五十三 重二 大篆从茻

切 古[illegible] [illegible]从艸[illegible]聲[illegible]切

[illegible]聲[illegible]切[illegible]从艸[illegible] [illegible]从艸[illegible]聲[illegible]切 [illegible]

[illegible]从艸[illegible]聲[illegible]切 荅 小尗也从艸合聲都合切 葉 艸木[illegible]

[illegible]从艸[illegible] 薜 [illegible]从艸[illegible]聲[illegible]切 [illegible]

菔 [illegible]从艸服聲[illegible]切 [illegible]

[illegible]

[illegible]从艸[illegible]切 [illegible]从艸[illegible]聲[illegible]切

[illegible]从艸[illegible] 蓄 [illegible]从艸[illegible]聲[illegible]切

[illegible]从艸[illegible]聲[illegible]切 [illegible]

[illegible]从艸[illegible]聲[illegible]切 [illegible]

[illegible]从艸[illegible]切 [illegible]

[illegible]从艸[illegible]聲[illegible]切 [illegible]

[illegible]从艸[illegible]

文十三 新附

可 九十 𠰖也从口丂丂亦聲凡可之屬皆从可 肯我切

奇 異也一曰不耦从大从可渠羈切

○哿 可也从可加聲詩曰哿矣富人古我切

○哥 聲也从二可古文以爲謌字古俄切

○叵 不可也从反可普火切

文四

文一 新附

我 九十一 施身自謂也或說我頃頓也从戈从手手或說古垂字一曰古殺字凡我之屬皆从我 徐鍇曰从戈者取戈自持也五可切

𢦐 古文我

義 己之威儀也从我羊臣鉉等曰此與善同意故从羊宜寄切

○羛 墨翟書義从弗魏郡有羛陽鄉讀若錡今屬鄴本內黃北二十里

文二 重二

文十三 新附

文四

文一 新附

文二 重三

𠂇 九十二 𠂇手也象形凡𠂇之屬皆从𠂇 臧可切

卑 賤也執事也从𠂇甲徐鍇曰右重而左卑故在甲下補移切

文二

火 九十三 燬也南方之行炎而上象形凡火之屬皆从火 呼果切

烘 尞也从火共聲詩曰卭烘于煁呼東切

爞 旱气也从火蟲聲直弓切

烽 燧候表也邊有警則舉火从火逢聲敷容切

炊 爨也从火吹省聲昌垂切

𤎖 束炭也从火差省聲讀若齹楚宜切

爢 爛也从火靡聲靡爲切

熙 燥也从火巸聲許其切

熹 炙也从火喜聲許其切

煇 光也从火軍聲況韋切

灰 死火餘夷也从火从又又手也火既滅可以執持呼恢切

煨 盆中火从火畏聲烏灰切

炱 灰炱煤也从火台聲徒哀切

烖 天火曰烖从火𢦏聲祖才切

灾 或从宀火

𤆎 古文从才

災 籀文从巛

熅 鬱煙也从火𥁓聲於云切

煖 溫也从火爰聲況袁切

燔 爇也

熅 鬱煙也从火昷聲 於云切

文二

古文甲始於十見於千成於木之象

从火番聲附袁切

焚 燒田也从火楙楙亦聲附袁切

焞 明也从火𦎫聲春秋傳曰焞燿天地他昆切

㶼 炮肉以微火温肉也从火衣聲烏痕切

○煙 火气也从火垔聲烏前切

烟 或从因

㷑 古文

𡏳 籒文从宀

煎 熬也从火前聲子仙切

然 燒也从火肰聲臣鉉等曰今俗別作燃蓋後人增加如延切

𧅫 或从艸難臣鉉等案艸部有蘸注云艸也此重出

熮 火皃从火翏聲逸周書曰味辛而不熮烙蕭切

𤑔 火所傷也从火雥聲即消切

焦 或省

燋 所以然持火也从火焦聲周禮曰以明火爇燋也即消切

⿱龜火 灼龜不兆也从火从龜春秋傳曰龜⿱龜火不兆讀若焦即消切

⿱𡕊火 火飛也从火𡕊與䙴同意方昭切

熛 火飛也从火票聲讀若摽甫遙切

燒 爇也从火堯聲式昭切

炮 毛炙肉也从火包聲薄交切

熬 乾煎也从火敖聲五牢切

𪍿 熬或从麥

⿰火曹 焦也从火曹聲作曹切

光 明也从火在人上光明意也古皇切

炗 古文

𤎫 古文

煌 煌煇也从火皇聲胡光切

烝 火气上行也从火丞聲煑仍切

熷 置魚筩中炙也从火曾聲作滕切

烰 烝也从火孚聲詩曰烝之烰烰縛牟切

煁 烓也从火甚聲氏任切

燂 火熱也从火覃聲大甘切又徐鹽切

爓 火門也从火閻

聲余廉切

𤆄 小熱也从火干聲詩曰憂心𤆄𤆄 臣鉉等曰干非聲未詳直廉切

燫 火煣車網絕也从火兼聲周禮曰煣牙外不燫力鹽切

○熜 然麻蒸也从火悤聲作孔切

㶴 盛火也从火从多昌氏切

煒 盛赤也从火韋聲詩曰彤管有煒于鬼切

𤈦 火也从火尾聲詩曰王室如𤈦許偉切

燬 火也从火毀聲春秋傳曰衛侯燬許偉切

焜 煌也从火昆聲胡本切

煗 溫也从火耎聲乃管切

燹 火也从火豩聲穌典切

炫 爓燿也从火玄聲胡畎切

燀 炊也从火單聲春秋傳曰燀之以薪充善切

熯 乾皃从火漢省聲詩曰我孔熯矣人善切

燎 放火也从火尞聲力小切

烄 交木然也从火交聲古巧切

⿰⿱爻火攴 交灼木也从火敎省聲讀若狡古巧切

灺 燭表也从火也聲徐野切

炳 明也从火丙聲兵永切

烓 行竈也从火圭聲讀若同口迥切

熲 火光也从火頃聲古迥切

炅 見也从火日古迥切

炯 光也从火冋聲古迥切

灸 灼也从火久聲舉友切

煣 屈申木也从火柔柔亦聲人久切

○熾 盛也从火戠聲昌志切 古文熾

尉 从上案下也从𡰥又持火以尉申繒也 臣鉉等曰今俗別作熨非是於胃切

煦 烝也一曰赤皃一曰溫潤也从火昫聲香句切

齌 炊餔疾也从火齊聲在詣切

熹

熭 暴乾火也从火彗聲于歲切

焠 堅刀刃也从火卒聲七内切

⿱聿火 火餘也从火聿聲一曰薪也臣鉉等曰聿非聲疑从𦘒省今俗别作燼非是徐刃切

焛 火皃从火𨶜省聲讀若粦良刃切

煥 火光也从火奐聲呼貫切

爟 取火於日官名舉火曰爟周禮曰司爟掌行火之政令从火雚聲古玩切

烜 或从亘

燦 燦爤明瀞皃从粲聲倉案切

炭 燒木餘也从火岸省聲他案切

爤 孰也从火蘭聲郎旰切

燗 或从閒

⿱雁火 火色也从火雁聲讀若鴈五晏切

煉 鑠治金也从火柬聲郎電切

煽 熾盛也从火扇聲式戰切

爝 苣火祓也从火爵聲呂不韋曰湯得伊尹爝以爟火釁以犧豭子肖切

照 明也从火昭聲之少切

尞 祡祭天也从火从昚昚古文愼字祭天所以愼也力照切

燿 照也从火翟聲弋笑切

燠 熱在中也从火奧聲烏到切

燥 乾也从火喿聲穌到切

燾 溥覆照也从火壽聲徒到切

煬 炙燥也从火昜聲余亮切

炕 乾也从火亢聲苦浪切

○煜 燿也从火昱聲余六切

熇 火熱也从火高聲詩曰多將熇熇臣鉉等曰高非聲當从嗃省火屋切

爆 灼也从火暴聲蒲木切臣鉉等曰今俗音豹火裂也

燭 庭燎火燭也从火蜀聲之欲切

焅

焅 旱气也从火告聲苦沃切

㸌 灼也从火隺聲胡沃切

熚 熚㶿火皃从火畢聲卑吉切

焌 然火也从火夋聲周禮曰遂炊龡其焌焌火在前以焞焯龜倉聿切又子寸切

㶿 熚㶿也从火𡿺聲𡿺籀文悖字敷勿切

炟 上諱臣鉉等曰漢章帝名也唐韻曰火起也从火旦聲當割切

炥 火皃从火弗聲普活切

炦 火气也从火犮聲蒲撥切

爇 温也从火執聲如列切

炪 火光也从火出聲商書曰予亦炪謀讀若巧拙之拙職悅切

爇 燒也从火蓺聲春秋傳曰爇僖負羈臣鉉等按說文無蓺字當从火从艸熱省聲如劣切

烈 火猛也从火列聲良辥切

烕 滅也从火戌火死於戌陽氣至戌而盡詩曰赫赫宗周褒似烕之許劣切

焆 焆焆煙皃从火肙聲因悅切

爚 火飛也从火龠聲一曰爇也以灼切

爍 灼爍光也从火樂聲書藥切

灼 炙也从火勺聲之若切

焯 明也从火卓聲周書曰焯見三有俊心之若切

烙 灼也从火各聲盧各切

⿰火皀 望火皃从火皀聲讀若馰顙之馰都歷切

熄 畜火也从火息聲亦曰滅火相即切

⿱稫火 以火乾肉从火稫聲臣鉉等案說文無稫字當从稫省疑傳寫之誤符逼切

[illegible] 籀文不省

熠 盛光也从火習聲詩曰熠燿宵行羊入切

爗 盛也从火曅聲詩曰爗爗震電筠輒切

[illegible]火[illegible]也从火[illegible]聲[illegible]切

[illegible]熠盛光也从火習聲詩曰熠熠宵行羊入切

亦[illegible]滅也从火[illegible]

[illegible]火也[illegible]火[illegible]

[illegible]火[illegible]聲[illegible]焯[illegible]周書曰[illegible]切

爚一曰[illegible]也从火龠聲以灼切[illegible]火[illegible]聲[illegible]讀若[illegible]切

[illegible]从火[illegible]聲[illegible]讀若[illegible]切

臣鉉等曰[illegible]

[redacted][illegible]

[illegible]从火[illegible]聲[illegible]

[illegible]火[illegible]从火[illegible]聲[illegible]

[illegible]火[illegible]也从火[illegible]聲[illegible]春秋傳曰[illegible]

[illegible]火[illegible]也从火[illegible]書曰[illegible]

[illegible]从火[illegible]聲[illegible]切[illegible]从火[illegible]

[illegible]火[illegible]讀若[illegible]切[illegible]炟上諱漢章帝名[illegible]當割切

[illegible]从火[illegible]聲[illegible]切

[illegible]焞[illegible]春秋傳曰焞燿天地[illegible]

[illegible]切[illegible]

[illegible]从火[illegible]煇[illegible]

文一百一十二　重十五

文六　新附

馬　九十四　怒也武也象馬頭髦尾四足之形凡馬之屬皆从馬　莫下切

古文　籀文馬與影同有髦

䮾　驢子也从馬冡聲莫紅切

驄　馬青白雜毛也从馬悤聲倉紅切

駥　馬高八尺从馬戎聲如融切

駹　馬面顙皆白也从馬尨聲莫江切

馶　大驅也从馬支聲章移切

驪　馬深黑色从馬麗聲呂支切

騎　跨馬也从馬奇聲渠羈切

騅　馬蒼黑雜毛从馬佳聲職追切

騤　馬行威儀也从馬癸聲詩曰四牡騤騤渠追切

騏　馬青驪文如博棊也从馬其聲渠之切

駓　黃馬白毛也从馬丕聲敷悲切

騑　驂旁馬从馬非聲甫微切

騛　馬逸足也从馬从飛司馬法曰飛衛斯輿甫微切

驢　似馬長耳从馬盧聲力居切

驅　馬馳也从馬區聲豈俱切

敺　古文驅从攴

駒　馬二歲曰駒三歲曰駣从馬句聲舉朱切

駼　騊駼也从馬余聲同都切

[illegible]

[illegible] 文 [illegible] 文 [illegible]

[illegible]

[illegible] 十 [illegible]

文六 新附

[illegible]

騠 駃騠也从馬是聲杜兮切
騱 驒騱馬也从馬奚聲胡雞切
⿰馬皆 馬和也从馬皆聲戶皆切
駘 馬銜脫也从馬台聲徒哀切
騋 馬七尺爲騋八尺爲龍从馬來聲詩曰騋牝驪牡洛哀切
駗 馬載重難也从馬㐱聲張人切
馴 馬順也从馬川聲詳遵切
駰 馬陰白雜毛黑从馬因聲詩曰有駰有騢於真切
駪 馬衆多皃从馬先聲所臻切
馼 馬赤鬣縞身目若黃金名曰媽吉皇之乘周文王時犬戎獻之从馬从文文亦聲春秋傳曰媽馬百駟畫馬也西伯獻紂以全其身無分切
驩 馬名从馬雚聲呼官切
𩡧 馬一歲也从馬一絆其足讀若弦一曰若環戶關切
⿰馬閒 馬一目白曰騆二目白曰魚从馬間聲戶間切

○
駢 駕二馬也从馬幷聲部田切
駽 青驪馬从馬肙聲詩曰駜彼乘駽火玄切
驙 駗驙也从馬亶聲易曰乘馬驙如張連切
騫 馬腹縶也从馬寒省聲去虔切
驍 良馬也从馬堯聲古堯切
驕 馬高六尺爲驕从馬喬聲詩曰我馬唯驕一曰野馬舉喬切
騷 擾也一曰摩馬从馬蚤聲穌遭切
⿰馬舀 馬行皃从馬舀聲土刀切
騊 騊駼北野之良馬从馬匋聲徒刀切
驒 驒騱野馬也从馬單聲一曰青驪白鱗文如鼉魚代何切
驘 驢父馬母从馬𣎆聲洛戈切
⿰馬𣎆 或从𣎆
騢 馬赤白雜毛从馬叚聲謂色似鰕魚也乎加切
騧 黃馬黑喙从馬

駧 馳馬洞去也从馬同聲徒弄切 駟 一乘也从馬四聲息利切 [illegible]

駔 壯馬也从馬且聲一曰馬蹲駔也子朗切 [illegible]

[illegible]

[illegible]

[illegible]

[illegible]

[illegible]

騰 傳也从馬朕聲一曰騰犗馬也 [illegible]

[illegible]

駉 牧馬苑也从馬冋聲詩曰在駉之野古熒切 [illegible]

[illegible]

驫 衆馬也从三馬甫虯切

[illegible] 文 [illegible]

馬重皃从馬執聲陟利切

驥 千里馬也孫陽所相者从馬冀聲天水有驥縣几利切

騩 馬淺黑色从馬鬼聲俱位切

駛 疾也从馬吏聲踈吏切

駙 副馬也从馬付聲一曰近也一曰疾也符遇切

騖 亂馳也从馬敄聲亡遇切

馵 馬後左足白也从馬二其足讀若注之戍切

駐 馬立也从馬主聲中句切

䮫 次弟馳也从馬剡聲力制切

駾 馬行疾來皃从馬兌聲詩曰昆夷駾矣他外切

⿰馬介 系馬尾也从馬介聲古拜切

駿 馬之良材者从馬夋聲子峻切

⿰馬倝 馬毛長也从馬倝聲矦旰切

駻 馬突也从馬旱聲矦旰切

⿰馬岸 馬頭有發赤色者从馬岸聲五旰切

驠 馬白州也从馬燕聲於甸切

驃 黃馬發白色一曰白髦尾也从馬票聲毗召切

驁 駿馬以壬申日死乘馬忌之从馬敖聲五到切

馱 負物也从馬大聲此俗語也唐佐切

駕 馬在軛中从馬加聲古訝切

⿰牛各 籀文駕

⿰馬卬 ⿰馬卬⿰馬卬馬怒皃从馬卬聲吾浪切

驟 馬疾步也从馬聚聲鉏又切

驔 驪馬黃脊从馬覃聲讀若簟徒玷切

驗 馬名从馬僉聲魚窆切

○

驧 馬曲脊也从馬鞠聲巨六切

篤 馬行頓遲从馬竹聲冬毒切

⿱學馬 馬行徐而疾也从馬學省聲於角切

駮 獸如馬倨牙食虎豹从馬交聲北角切

駁 馬色不純从馬爻聲臣鉉等曰爻非聲疑象駁文北

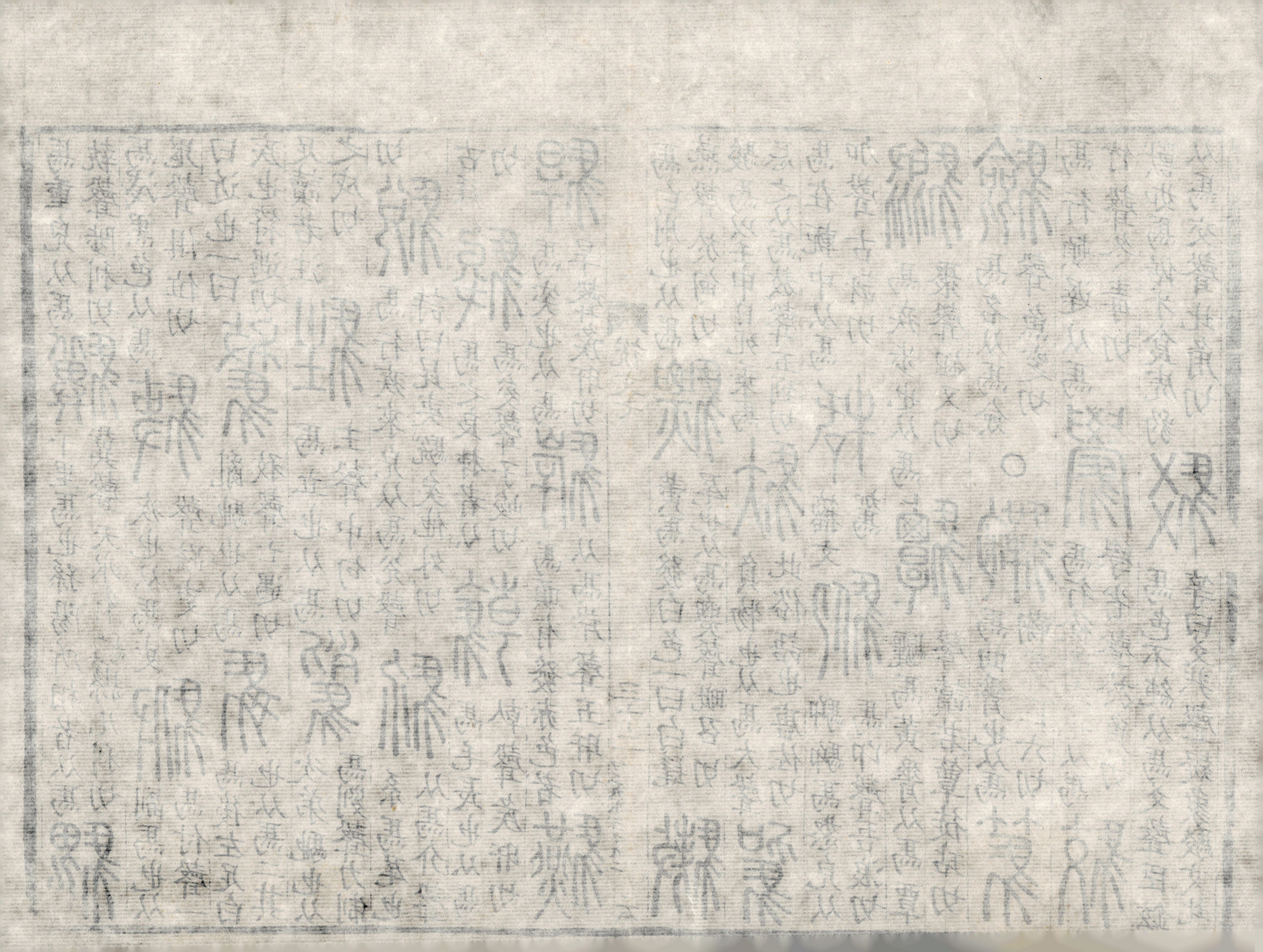

角切

騭 牡馬也从馬陟聲讀若郅之日切

馹 驛傳也从馬日聲人質切

駜 馬飽也从馬必聲詩云有駜有駜毗必切

驈 驪馬白胯也从馬矞聲詩曰有驈有騜食聿切

⿰馬匃 馬疾走也从馬匃聲古達切

⿰馬八 馬八歲也从馬从八博拔切

驖 馬赤黑色从馬𢧜聲詩曰四驖孔阜他結切

䭾 馬有疾足从馬失聲大結切

駃 駃騠馬父驘子也从馬夬聲臣鉉等曰今俗與快同用古穴切

駱 馬白色黑鬣尾也从馬各聲盧各切

⿰馬隺 苑名一曰馬白額从馬隺聲下各切

驀 上馬也从馬莫聲莫白切

驛 置騎也从馬睪聲羊益切

馰 馬白額也从馬的省聲一曰駿也易曰為的顙都歷切

騽 馬豪骭也从馬習聲似入切

馽 絆馬也从馬口其足春秋傳曰韓厥執馽前讀若輒陟立切

縶 馽或从糸執聲

馺 馬行相及也从馬从及讀若爾雅小山馺大山峘蘇荅切

⿰馬耴 馬步疾也从馬耴聲尼輒切

文一百一十五 重八

文五 新附

冎 九十五

剮人肉置其骨也象形頭隆骨也凡冎之屬皆从冎古瓦切

[illegible]

文一百一十五　重八

文五　新附

[illegible]

別也从冎卑聲讀若罷府移切 ○ 別 分解也从冎从刀憑列切

文三

𦍌 九十六 羊角也象形凡𦍌之屬皆从𦍌讀若菲 工瓦切

乖 戾也从𦍌而兆兆古文別臣鉉等曰兆兵列切篆文分別字也古懷切

芇 相當也闕讀若宀母官切

文三

瓦 九十七 土器已燒之總名象形凡瓦之屬皆从瓦 五寡切

器也从瓦容聲上封切

瓨 似罌長頸受十升讀若洪从瓦工聲古雙切

瓷 瓦器从瓦次聲疾資切

瓻 酒器从瓦稀省聲丑脂切

瓵 甌瓿謂之瓵从瓦台聲與之切

𤭯 罌謂之𤭯从瓦卑聲部迷切 ○

甄 匋也从瓦垔聲居延切

甂 似小瓿大口而卑用食从瓦扁聲芳連切

甍 屋棟也从瓦夢省聲徐鍇曰所以承瓦故从瓦莫耕切

瓴 瓮似瓶也从瓦令聲郎丁切

甌 小盆也从瓦區聲烏侯切

[illegible] 古文

[illegible]

[illegible]

文三 [illegible]

文二十五 重三

[illegible]

文二　重一

㒳　九十九　再也从冂闕易曰參天㒳地凡㒳之屬皆从㒳　良奬切

㒼　平也从廿五行之數二十分爲一辰㒳㒼平也讀若蠻　母官切

○

兩　二十四銖爲一兩从一㒳平分亦聲　良奬切

文三

弜　一百　彊也从二弓凡弜之屬皆从弜　其兩切

弼　輔也重也从弜西聲徐鍇曰西舌也非聲舌柔而弜剛以柔从剛輔弼之意　房密切

𢐀　弼或如此

𢏏　𢐈　並古文弼

文二　重三

亯　一百一　獻也从高省曰象進孰物形孝經曰祭則鬼亯之凡亯之屬皆从亯　許兩切又普庚切又許庚切

亯　篆文亯

从龠虒聲[illegible]

言[illegible]龤[illegible]从[illegible]

一百[illegible]从[illegible]口[illegible]

文三　重三

[illegible]从[illegible]从又[illegible]古文

[illegible]从[illegible]

一百[illegible]从二从己[illegible]从[illegible]

文三

[illegible]

[illegible]从[illegible]从[illegible]

[illegible]从[illegible]从[illegible]

文三　重一

𩫖 用也从亯从自自知臭香所食也讀若庸余封切 𦎫 孰也从亯从羊讀若純一曰鬻也常倫切 𦏧 篆文𦎫 ○ 𥫅 厚也从亯竹聲讀若篤冬毒切

文四 重二

网 一百二 庖犧所結繩以漁从冂下象网交文凡网之屬皆从网 今經典變隸作网文紡切 罔 网或从亡 𦊸 网或从糸 㒺 古文网 𠕈 籀文网

立

罿 罬也从网童聲尺容切 罹 心憂也从网未詳古多通用離呂支切

冞 周行也从网米聲詩曰冞入其阻武移切 㝨 冞或从宀

䍜 馬絡頭也从网从馽馽馬絆也居宜切 羈 䍜或从革

罳 罘罳屏也从网思聲息茲切

罛 魚罟也从网瓜聲詩曰施罛濊濊古胡切

𦋔 网也从网每聲莫桮切

罠 釣也从网民聲武巾切 ○

羅 以絲罟鳥也从网从維古者芒氏初作羅魯何切

罝 兔网也从网且聲子邪切 𦋺 罝或从糸

[illegible]

文四　重二

网　庖犧所結繩以漁从冂下象网交文凡网之屬皆从网

[illegible]

古文网

籀文网

[illegible]

𦊮 籒文从虘

罾 魚网也从网曾聲作滕切

𦉼 覆車也从网包聲詩曰雉離于𦉼縛牟切

罦 𦉼或从孚

𦊁 兔罟也从网否聲臣鉉等曰隸書作罘縛牟切

罧 積柴水中以聚魚也从网林聲所今切

○

𦌾 牖中网也从网舞聲文甫切

罜 罜麗魚罟也从网主聲之庾切

罟 网也从网古聲公戶切

罷 遣有辠也从网能言有賢能而入网而貫遣之周禮曰議能之辟薄蟹切

罪 捕魚竹网从网非秦以罪爲辠字徂賄切

罕 网也从网干聲呼旱切

𦌖 网也从网巽聲思沇切

䠣 逸周書曰不卵不䠣以成鳥獸𦌖者䍐獸足也故或从足

罶 曲梁寡婦之笱魚所留也从网留留亦聲力九切

䍡 罶或从婁春秋國語曰溝罛䍡

罯 覆也从网音聲烏感切

○

詈 罵也从网从言网辠人力智切

置 赦也从网直徐鍇曰从直與罷同意陟吏切

罻 捕鳥网也从网尉聲於位切

署 部署有所网屬从网者聲徐鍇曰署置之言羅絡之若罘网也常恕切

䍜 罟也从网互聲胡誤切

罽 魚网也从网𡭴聲𡭴籒文銳居例切

𦌏 网也从网繯繯亦聲一曰綰也古眩切

罩 捕魚器也从网卓聲都教切

罵 詈也从网馬聲莫駕切

○

𦌎 罜麗也从网鹿聲盧谷切

捕鳥覆車也从网叕聲陟劣切 輟 罬或从車 罭 魚網也从网或聲于逼切

罨 罕也从网奄聲於業切

文三十四 重十二

文三 新附

丄 一百三 高也此古文上指事也凡丄之屬皆从丄 時掌切 上 篆文丄

帝 諦也王天下之號也从丄朿聲都計切 帝 古文帝古文諸丄字皆从一篆文皆从二二古文上字辛示辰龍童音章皆从古文上

旁 溥也从二闕方聲步光切 旁 古文旁 旁 亦古文旁 旁 籒文

丅 底也指事胡雅切 下 篆文丅

文四 重六

茻 一百四 衆艸也从四屮凡茻之屬皆从茻讀與冈同 摸朗切

莽 南昌謂犬善逐菟艸中爲莽从犬从茻茻亦聲謀朗切

○ 葬 …日…

冥也从日在茻中茻亦聲莫故切又慕各切

葬 藏也从死在茻中一其中所以薦之易曰古之葬者厚衣之以薪則浪切

文四

一百五

丙 位南方萬物成炳然陰气初起陽气將虧从一入冂一者陽也丙承乙象人肩凡丙之屬皆从丙 徐鍇曰陽功成入於冂冂門也天地陰陽之門也兵永切

文一

一百六

皿 飯食之用器也象形與豆同意凡皿之屬皆从皿讀若猛武永切

盅 器虛也从皿中聲老子曰道盅而用之直弓切

齍 黍稷在器以祀者从皿齊聲即夷切

盂 飯器也从皿亏聲羽俱切

盧 飯器也从皿𠘮聲洛乎切

𥂴 籒文盧

醯 酸也作醯以鬻以酒从鬻酒並省从皿皿器也呼雞切

𥁓 仁也从皿以食囚也官溥說烏渾切

盆 盎也从皿分聲步奔切

[illegible]

文一

丙 位南方萬物成炳然陰气初起陽气將虧从一入冂一者陽也丙承乙象人肩凡丙之屬皆从丙

[illegible]

文四

[illegible]

器也从皿弔聲止遥切 盉 調味也从皿禾聲戶戈切 盛 黍稷在器中以祀者也从皿成聲氏征切

盈 滿器也从皿夃臣鉉等曰夃古乎切益多之義也古者以買物多得為夃故从夃以成切

○ 𥁰 器也从皿宁聲直呂切 盨 橧盨負戴器也从皿須聲相庾切

䀇 器也从皿从缶古聲公戶切 盡 器中空也从皿㶳聲慈忍切

盌 小盂也从皿夗聲烏管切 𥂖 器也从皿漻聲古巧切 盪 滌器也从皿湯聲徒朗切

○ 盥 澡手也从臼水臨皿春秋傳曰奉匜沃盥古玩切 盎 盆也从皿央聲烏浪切

㼜 盎或从瓦 𥁒 小甌也从皿有聲讀若灰一曰若賄于救切

𥁒 𥁒或从右 ○ 𥁑 械器也从皿必聲彌畢切

𥂂 盋器盂屬从皿犮聲或从金从本北末切 益 饒也从水皿皿益之意也伊昔切

盦 覆蓋也从皿酓聲臣鉉等曰今俗別作罯非是烏合切

文二十五 重三

文一 新附

一百七 永 長也象水巠理之長詩曰江之永矣凡永之屬皆从永于憬切

[illegible]

器也从皿亏聲

[illegible]

文二十五 重三

文一

文三

[illegible]

羕 水長也从永羊聲詩曰江之羕矣余亮切

文二

囧 一百八 窻牖麗廔闓明象形凡囧之屬皆从囧讀若獷賈侍中說讀與明同 俱永切

盟 周禮曰國有疑則盟諸矦再相與會十二歲一盟北面詔天之司慎司命盟殺牲歃血朱盤玉敦以立牛耳从囧从血 武兵切

盟 篆文从朙

盟 古文从明

文二 重二

黽 一百九 鼃黽也从它象形黽頭與它頭同 臣鉉等曰象其腹也 凡黽之屬皆从黽 莫杏切

黽 籀文黽

䵸 䵷䵸詹諸也詩曰得此䵷䵸言其行䵷䵸从黽爾聲 式支切

鼅 鼅鼄鼄也从黽智省聲 陟离切

蜘 或从虫

䵹 䵹屬頭有兩角出遼東从黽句聲 其俱切

鼄 鼅鼄也从黽朱聲 陟輸切

蛛 鼄或从虫

鼀

[illegible]

文二

囧 窻牖麗廔闓明象形

凡囧之屬皆从囧讀若獷賈

侍中說讀與明同 俱永切

盟 周禮曰國有疑則盟諸侯再相與會十二歲一盟北面詔天之司慎司命盟殺牲歃血朱盤玉敦以立牛耳从囧从血

𥁰 篆文从朙 盟 古文从明

文二 重三

[illegible]

夕 莫也 [illegible]

[illegible]

水蟲也薉貉之民食之从黽奚聲胡雞切

鼃 蝦蟇也从黽圭聲烏媧切

黿 大鼈也从黽元聲愚袁切 ○

鼂 匽鼂也讀若朝揚雄說匽鼂蟲名杜林以爲朝旦非是从黽从旦臣鉉等曰今俗作晁直遙切

鼂 篆文从皀

鼇 海大鼈也从黽敖聲五牢切

鼉 水蟲似蜥易長大从黽單聲徒何切

蠅 營營青蠅蟲之大腹者从黽从虫余陵切 ○

鼀 圥鼀詹諸也其鳴詹諸其皮鼀鼀其行圥圥从黽从圥圥亦聲七宿切

䵹 鼀或从酋

鼈 甲蟲也从黽敝聲并列切

文十三　重五

文一　新附

井 一百十 八家一井象構韓形·罋之象也古者伯益初作井凡井之屬皆从井子郢切

荆 罰辠也从井从刀易曰井法也井亦聲戶經切 ○

𠀌 深池也从井瑩省聲烏迥切 ○

剏 造法剏業也从井办聲讀若創初亮切

阱 陷也从𨸏从井井亦聲疾正切

穽 阱或从穴

汬 古文阱从水 ○

[illegible]

文十三　重五

丼 八家一井，象構韓形。●，罋之象也。古者伯益初作井。凡井之屬皆从井。

阱 陷也。从𨸏从井，井亦聲。[illegible]

𠛬 罰辠也。从井从刀。[illegible]

刱 造法刱業也。从井办聲。讀若創。[illegible]

文五　重二

竝　一百十一　併也从二立凡竝之屬皆从竝　蒲迥切

㬱　廢一偏下也从竝白聲他計切

替　或从曰

𣈆　或从兟从曰臣鉉等曰今俗作替非是

文二　重二

鼎　一百十二　三足兩耳和五味之寶器也昔禹收九牧之金鑄鼎荆山之下入山林川澤螭魅蝄蜽莫能逢之以協承天休易卦巽木於下者爲鼎象析木以炊也籒文以鼎爲貞字凡鼎之屬皆从鼎　都挺切

鼒　鼎之圜掩上者从鼎才聲詩曰鼐鼎及鼒子之切

鎡　俗鼒从金从茲

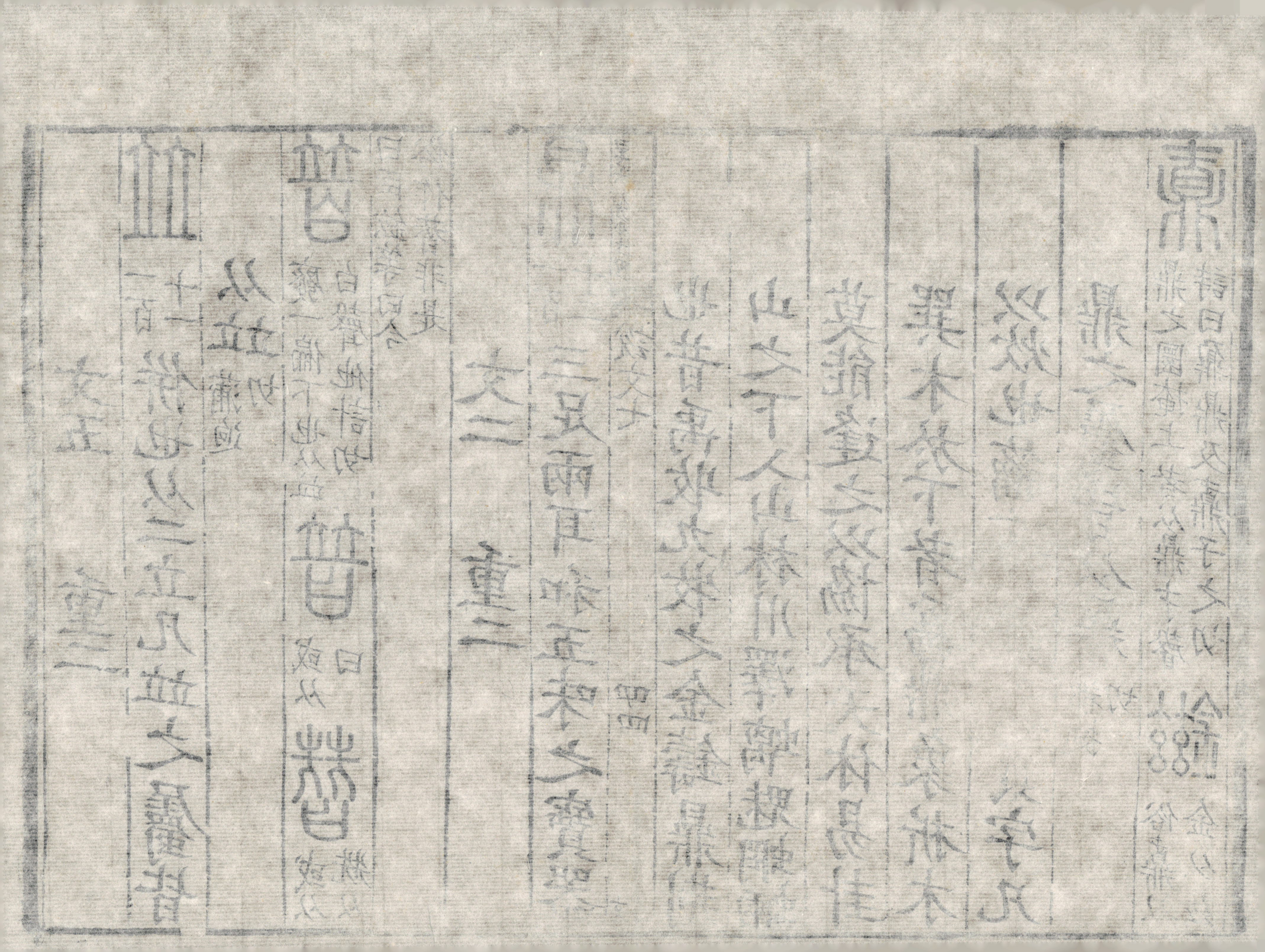

鼐 鼎之絶大者从鼎乃聲魯詩說鼐小鼎奴代切

○ 鼏 以木橫貫鼎耳而舉之从鼎冂聲周禮廟門容大鼏七箇即易玉鉉大吉也莫狄切

文四 重一

𡈼 一百十三 善也从人士士事也一曰象物出地挺生也凡𡈼之屬皆从𡈼

壬 臣鉉等曰人在土上壬然而立也他鼎切

徵 召也从微省壬爲徵行於微而文達者即徵之陟陵切

𢼸 古文徵

𡈼 近求也从爪壬壬徼幸也余箴切

○ 朢 月滿與日相朢以朝君也从月从臣从壬壬朝廷也無放切

𦣠 古文朢省

文四 重二

新編許氏說文解字五音韻譜卷七

說文解字五音韻譜卷之十

文四 重二

𡈼 善也从人士士事也一曰象物出地挺生也凡𡈼之屬皆从𡈼

文四 重二

五福五代堂古稀天子寶

八徵耄念之寶

太上皇帝之寶